獻 給

安琪拉、安東內洛、丹妮爾、伊蓮娜和蘿拉，你們是我旅程的起點

Thinking 019

旅程 The Journey 在尋找家的路上

文‧圖｜法蘭切絲卡‧桑娜 Francesca Sanna
譯｜黃筱茵

字畝文化創意有限公司
社　　長｜馮季眉
責任編輯｜洪　絹
美術設計｜蕭雅慧

出　　版｜字畝文化創意有限公司
發　　行｜遠足文化事業股份有限公司（讀書共和國出版集團）
地　　址｜231 新北市新店區民權路 108-2 號 9 樓

電　　話｜(02)2218-1417
傳　　真｜(02)8667-1065
客服信箱｜service@bookrep.com.tw
網路書店｜www.bookrep.com.tw
團體訂購請洽業務部 (02) 2218-1417 分機 1124

法律顧問｜華洋法律事務所　蘇文生律師
印　　製｜中原造像股份有限公司

出版日期｜2018 年 1 月 31 日　初版一刷
　　　　　2024 年 7 月　　初版六刷

定　　價｜350 元
書　　號｜XBTH0019
ISBN｜978-986-95508-8-8（精裝）

特別聲明：有關本書中的言論內容，不代表本公司
　　　　　出版集團之立場與意見，文責由作者自
　　　　　行承擔

The Journey
Originally published in the English language as "The Journey
© Flying Eye Books 2016". Complex Chinese translation rights
arranged through LEE's Literary Agency. Complex Chinese
translation rights © 2018, WordField Publishing Ltd.

旅程

The Journey

在尋找家的路上

法蘭切絲卡·桑娜 著　黃筱茵 譯

Francesca Sanna

我和家人一起住在海邊的城市。
每個夏天，我們會在海灘上度過許多週末時光。
可是現在，我們再也無法到那裡去了。
去年開始，我們的生命跟以前再也不一樣……。

戰爭開始之後，每天我們身旁都發生許多不好的事。
沒多久，一切都消失不見了，只留下一團混亂。

某一天，戰爭帶走了我的爸爸。

從那天起，一切變得更令人傷心、絕望，
媽媽也愈來愈擔心。

前幾天，媽媽的朋友告訴她，很多人都準備離開這裡，逃往另一個國家。
那個國家在很遠的地方，有很多、很多座高山。

「那是個什麼樣的地方？」我們問媽媽。

「是個安全的地方。」她告訴我們。

「那個地方在哪裡？」我們又問她。

她讓我們看了一些照片，照片裡是奇怪的城市、奇怪的森林，和奇怪的動物。
最後，她嘆了一口氣說：「我們會到那裡去，而且再也不必感到害怕。」

我們不想離開。可是媽媽說，那將會是一場很棒的冒險。
我們把所有東西打包放進行李箱，跟所有認識的人說再見。

我們在夜裡出發，以免被人看見。

然後，連著好多天不斷的往前移動。

我們走得愈遠……

拋下的東西也愈多。

我們終於到了邊界。

眼前是一道高大的牆，
我們必須攀牆越過去！

不！不行！
「你們不准通過。快回去！」憤怒的守衛大吼。

我們無處可去，而且精疲力盡。

黑暗中，森林裡的各種聲音
讓我覺得很害怕。

幸好，媽媽跟我們在一起。
她從來不會害怕。
所以，我們安心的閉上眼睛、
沉沉睡去。

喊叫聲將我們吵醒，原來是那些守衛的聲音！
他們到處找我們。我們得趕快躲起來。

「快點！這邊！」
媽媽輕聲喊著。

我們一直往前跑，直到碰上一個我們從沒見過的人。
媽媽給了他一些錢，他就帶著我們越過邊界。
四周很暗，沒人看見我們。

「我們的旅程還沒結束。」媽媽對我們說。
大海一直延伸到看不見的遠方，而我們必須越過這片大海。
這怎麼可能！

我們和很多人一起登上渡船！
船上的空間很小，每天都下著雨。
不過，我們告訴彼此很多、很多故事。
在故事裡，恐怖又可怕的怪物就躲在船底下，
等著不小心翻船的時候，趁機一口把我們吞掉！

海浪洶湧，小船不斷搖晃，這片大海好像永遠沒有盡頭。

我們只好相互繼續訴說新的故事。

這些故事是關於我們即將前往的地方，那裡有寬廣的綠色森林，

森林裡充滿善良的精靈，精靈們會跳舞，

還會送給我們終結戰爭的魔法咒語。

太陽終於升起。這是好幾天以來，我們第一次看見陸地。
小船悄悄蕩到岸邊。媽媽說，我們很幸運能一直在一起。
「這裡就是安全的地方嗎？」我們問。
「很接近了。」她帶著疲憊的微笑回答。

我們繼續往前，又過了好多個白天、好多個黑夜，越過好多個邊界。

從火車的窗戶，我抬頭望著天上的鳥群，牠們彷彿一路跟隨著我們⋯⋯。

就像我們一樣，牠們也在遷徙。

牠們的旅途同樣十分漫長，只是不必跨越任何邊界。

我希望有一天，我們就像這些鳥兒一樣，也能找到新家。

在新的家，我們能非常安全，重新開始我們的故事。

作 者 的 話

事實上，這本書是關於許多段旅程的故事。這個故事，從我在義大利的難民中心遇見的兩個女孩開始。跟她們見面之後，我明白在她們的旅程背後，有某種有力量的東西存在。於是，我開始收集更多遷徙的故事，訪問了許多來自不同國家的人。幾個月後，也就是2014年9月，我開始在盧桑插畫學院修習碩士學位時，就知道自己想創作一本有關這些真實故事的書。我們幾乎每天都可以在新聞裡，聽見「移民」與「難民」這兩個詞，可是卻鮮少談論、或聽見他們所經歷的不同旅程——這本書拼貼了這些個別的故事，以及他們身上那股不可思議的力量。

英國國際特赦組織（Amnesty International）為這部作品背書，因為這本書提醒了我們：我們每個人都有權利居住在安全的地方。如果你需要關於難民議題的免費教學資源，包括課堂筆記，請連結到：www.amnesty.org.uk/education